花鳥風月

KA CHO FU GETSU

YUKI SHIMIZU PRESENTS

2

SOMMAIRE

Chapitre 8
KACHÔ FÛGETSU

CLAC
PÉPÉ...
QU'EST-CE QUE JE DEVRAIS FAIRE ?
DIS-LE-MOI.

PFF...
QU'EST-CE QU'IL FAIT CHAUD, AUJOURD'HUI.
ALORS QU'IL PARAÎT QU'ON ENTRE DANS LA SAISON DES PLUIES, DEMAIN.
ON DIRAIT QU'ON L'A SAUTÉE POUR ARRIVER DIRECTEMENT EN ÉTÉ.
OH, ITO !

TU TOMBES À PIC !
S'IL TE PLAÎT,
AIDE-MOI AVANT QUE LA PLUIE NE COMMENCE À TOMBER !
FSHH
UH ?
DAIKI ?
DÉPÊCHE !
HEIN ?!
OK !

CES PLANCHES, LÀ !
APPORTE-LES À L'ATELIER !
Euh...
CES PLANCHES
COMMENT JE SUIS CENSÉ PORTER ÇA ?
BRROOH
BRROOH
BRROOH
DAIKI... DA...

PSHHHH
FSHH
FSHH
FSHH
OUF.
C'ÉTAIT JUSTE.
MERCI, ITO.
Je t'ai fait du thé.
C'EST GRÂCE À TOI QUE MES POTERIES SONT ENCORE SÈCHES.
J'AI PAS ÉTÉ SUPER UTILE, EN RÉALITÉ.
DÉSOLÉ.

ALORS, TU T'ES FAIT À TON JOB DANS L'ÉQUIPE DE RESTAURATION ?
EUH...
JE FAIS DE MON MIEUX POUR.
ILS SONT TOUS SUPER ÉNERGIQUES, HEIN ?
ET POURTANT, MADAME TAMAE A 70 ANS !
Tu veux des bonbons ?
Et...
MONSIEUR KIMURA DE LA COMPTA EN A 72.
APRÈS, IL FAUT DIRE QUE LA MAJORITÉ DES GENS ICI SONT ÂGÉS.
Ah
MAIS IL Y A AUSSI DES JEUNES FEMMES.
SOYEZ COMME CES FLEURS DES CHAMPS...
COUVERTES DE BOUE...
QUI FLEURISSENT AVEC GRÂCE.

KYAAAAAAH
キャあああああ
ドーン
POF
OUAH !
...
GUH
Gara !
Kyah !
Seigneur Sabbat !!
Hyah !

ELLES SONT ÉNERGIQUES, HEIN ?
OUI. JE ME FAIS BOUSCULER
À CHAQUE RÉUNION MATINALE.
À LES VOIR TOUT FAIRE POUR QU'ELLES AIENT UN TRAVAIL,
JE ME DIS QU'ILS SONT VRAIMENT INCROYABLES.
PFFT
J'Y PENSE,
EST-CE QUE TU APPARTIENS À HITOMI, MAINTENANT ?

IL N'A PAS ARRÊTÉ DE ME PARLER DE TOI, AVANT-HIER.
ROUGIT
かあっ
ON...
ON N'EST PAS ALLÉS JUSQU'AU BOUT !
HA !
AH !
LA PLUIE A CESSÉ, IL FAUT QUE J'Y AILLE !
MERCI POUR LE THÉ !
AU REVOIR !
QUEL IDIOT, POURQUOI JE LUI AI DIT ÇA ?
MAINTENANT, IL SAIT TOUT !
ET HITOMI...
lui a parlé de moi !
WAAAH
うわーん

HEY !
TU NE T'ES PAS PRIS L'AVERSE ?
TU PEUX RENTRER, C'EST TOUT POUR TOI, AUJOURD'HUI.
OH.
D'ACCORD.
BONNE FIN DE JOURNÉE.
TOP
TOP
...
SH
LES LÉGUMES QU'ILS M'ONT OFFERTS SONT LOURDS.

TIENS ?
EST-CE QUE CE SERAIT...
L'HOMME QUI A ACHETÉ DES POMMES DE TERRE, LA DERNIÈRE FOIS ?
J'AVAIS RAISON !
BONJOUR.
VOUS ÊTES VENU ACHETER DES LÉGUMES ?
C'EST ÇA.
MAIS IL NE RESTE PLUS RIEN.
IL Y A PEU DE MAGASINS, ICI.
ET MALGRÉ ÇA,
YÔMEI A QUAND MÊME DÉCIDÉ DE VENIR HABITER ICI.

ALLÔ,
TÔKO ?
POUR SE RAPPROCHER…
DES GENS…
À QUI IL TIENT.
…
C'est parce qu'il n'y a plus de légumes ?
IL A L'AIR SUPER DÉPRIMÉ.
EUH… SI VOUS VOULEZ DES LÉGUMES…
SH

SSS
ZOOM
Du chou
Hm, c'est trop bon.
MIOM
MIOM
IAAAAAAAAAH!
UNE CHENILLE.
?!
Ito
FOUIP
!

PLATSCH
GNAP
RAH...
QU'EST-CE QUE JE FOUS ?

JE SUIS TELLEMENT DÉSOLÉ.
HA...
CRII
ARRÊTE DE T'EXCUSER, ÇA ME GÊNE.
C'EST DE MA FAUTE SI JE SUIS TOMBÉ.
DE PLUS...
S'IL ÉTAIT ARRIVÉ MALHEUR...
À UN MEC « HONNÊTE » COMME TOI,
YÔMEI...
AURAIT EU DES ENNUIS.
Ah!
ATTENDS, JE VAIS CHERCHER DES VÊTEMENTS DE RECHANGE.
INUTILE.
J'HABITE PAS LOIN.
SHH
MERCI POUR LES LÉGUMES.
BYE.

OH...
CE CHOU EST TOMBÉ PAR TERRE.
ÇA NE PEUT PAS COMPTER COMME UN REMERCIEMENT.
KSH
JE SUIS RENTRÉ !
TU ES LÀ, ITO ?
DOM
BON... SOIR...

UNE BLOUSE BLANCHE ?
OUI,
J'AI FAIT UN INVENTAIRE DE CE QU'IL Y AVAIT AU CABINET.
HM ?
QU'Y A-T-IL ?
TU ES TOUT ROUGE.
TU N'AS POURTANT PAS L'AIR D'AVOIR DE LA FIÈVRE.

ÇA…
ÇA IRA MIEUX QUAND TU TE SERAS ÉLOIGNÉ.
HEIN ?
AH NON, TU ES TROP MIGNON.
JE VEUX EN PROFITER.
J'ÉTAIS UN PEU DÉPRIMÉ POURTANT,
AVANT QU'IL N'ARRIVE.
Gnn
…
AH !
HM ?

EUH...
POURQUOI TU AS
PARLÉ DE MOI À DAIKI ?
HM ?
PAR FIERTÉ ?
JE VOIS PAS POURQUOI JE ME VANTERAIS PAS, ALORS QUE J'AI UN PETIT-AMI SI MIGNON.
IL SAIT QUE JE SUIS GAY
ET IL N'EST PAS DU GENRE À ALLER RÉPANDRE DES RUMEURS.
DAIKI N'A PAS DE PRÉJUGÉS.
TU SAIS,
JE NE PARLERAIS DE TOI QU'À QUELQU'UN EN QUI J'AI VRAIMENT CONFIANCE.
JE NE PERMETTRAIS JAMAIS QU'UN AUTRE QUE MOI TE FASSE PLEURER.
MOI AUSSI, JE SUIS FIER D'ÊTRE AVEC TOI.
J'AI ENVIE DE PARLER DE TOI,
MAIS JE N'AI PERSONNE À QUI LE DIRE.

ÇA M'A GÊNÉ QUE TU DISES À DAIKI QU'ON ÉTAIT ENSEMBLE
ET ÇA M'A FAIT TRÈS PLAISIR EN MÊME TEMPS.
MAIS ÇA M'A GÊNÉ.
Ha ha
TU L'AS DÉJÀ DIT.
SAUF QUE...
TU AIMES BIEN...
ÊTRE EMBARRASSÉ.
SMOOCH
ÇA... ÇA DÉPEND POURQUOI.
ÇA DÉPEND ?
PETIT COQUIN.
C'EST TOI, LE COQUIN.
UH...

Haa
くちゅっ
HM...
HN...
...
Haa
Haa
Haa

AUJOUR-D'HUI,
ON POUR-RAIT
ESSAYER DE TE METTRE QUATRE DOIGTS ?
DIS,
ÇA TE TENTE ?
GH
QUATRE...
DOIGTS ?
ぢゅっ
SSS
ぬちゅっ
TSHH

BRR
UH...
HNN !
TSHH
TSH
ÇA FAIT TROIS DOIGTS.
TU VIENS DE JOUIR.
JE TE SENS TRESSAILLIR À L'INTÉRIEUR.
JE TE FAIS DU BIEN AVEC MES DOIGTS ?
ON DIRAIT QUE JE VAIS POUVOIR EN METTRE UN QUATRIÈME.

HN...
FH...
UH...
ぷあっ
FUAH
HI...
HITOMI...
HM ?
MES JAMBES,
ELLES TREMBLENT.
J'AI DU MAL... À ME TENIR.
HM...
ESSAYONS AUTREMENT.

ÇA VA MIEUX COMME ÇA ?
J'AI HONTE.
OUI, MAIS...
IL PEUT ME VOIR...
TOTALEMENT.
REGARDE, J'AI PU TE METTRE
UN QUATRIÈME DOIGT.
TSHH

BRR
BRR
AAH !
SHH
Haa
Haa
ITO,
TU ES SI MIGNON.
J'AI ENVIE DE TE TORTURER ENCORE PLUS LA PROCHAINE FOIS.
ET QUAND TU SERAS COMPLÈTEMENT DILATÉ ET LUBRIFIÉ,
CETTE FOIS-CI, JE POURRAI INSÉRER AUTRE CHOSE EN TOI.
JE SUIS UN DÉBUTANT.
IL FAUDRA QUE TU Y AILLES DOUCEMENT.

PLOC ポツ
PLOC ポツ
PLIC パラ
PLIC パラ
PLIC パラ
PLIC パラ
FSHHHH サァァァ...

CLAC
FSHHHH
SALUT.

TU VEUX QUOI ?
HM...
EH BIEN...
J'AVAIS ENVIE DE VOIR TON VISAGE.
SI TU ES VENU À CAUSE DE CETTE PROMESSE,
SACHE QUE JE T'AI TOUT DONNÉ LA DERNIÈRE FOIS.
C'EST UN SEUL BAISER PAR JOUR.
DANS CE CAS, JE VEUX...
TOUT MON DÛ DE LA SEMAINE EN UNE SEULE FOIS.

JE NE SUIS PAS ASSEZ BIEN POUR QUE TU VEUILLES DE MOI ?
SI TU LE SOUHAITAIS,
J'ACCEPTERAIS DE DEVENIR UN TRÉSOR NATIONAL VIVANT.
TOUT CE QUE JE CRÉE, TOUT CE QUE JE POSSÈDE,
MON AVENIR, MA VIE...
TOUT CE QUE JE FERAI, JE TE LE DONNERAI.
JE ME REFLÈTE DANS TES YEUX.
MAIS C'EST COMME SI...
TU NE ME VOYAIS PAS.

SAWATO...
ザァァァ…
FSHHHHH
LE LENDEMAIN, LA SAISON DES PLUIES COMMENÇAIT OFFICIELLEMENT.
ELLE ARRIVAIT CINQ JOURS PLUS TÔT QUE PRÉVU.
COMME CETTE ANNÉE-LÀ.

Chapitre 9
KACHÔ FÛGETSU

AH...
ATCHOUM !
シャアァァ
PSHHHH
ピンポーン
DING DONG
ET ZUT...
SNOUF
J'AI ATTRAPÉ UN RHUME.
JE CROIS.
ピンポーン
DING DONG
C'EST VRAIMENT ABUSÉ,
TOUT ÇA PARCE QUE JE SUIS TOMBÉ DANS UNE RIZIÈRE.
ガラッ
CRR
OUI, QUI EST-CE ?

TOP
JE T'AI DIT PLEIN DE FOIS
DE FAIRE ATTENTION QUAND QUELQU'UN SONNE À TA PORTE.
VIVRE AU VERT, ÇA T'A RAMOLLI.
HEIN, HIZURU ?
SI J'AVAIS EU UN COUTEAU,
TU SERAIS MORT.

NIWA,
!
BAM
NE PARLE PAS À HIZURU. VA PLUTÔT POSER CE QU'ON LEUR APPORTE À L'INTÉRIEUR.
ET VOILÀ,
C'EST VRAIMENT VOTRE CHOUCHOU, BOSS !
VOUS LE PROTÉGEZ ENCORE !
NE SOIS PAS JALOUX.
OUAIS, MAIS ÇA M'ÉNERVE !
Ha ha
À DIRE CE GENRE DE CHOSE, ON VOIT QUE TU NE ME CONSIDÈRES PAS VRAIMENT COMME TON CHEF.
COMMENT VA TON MENTOR, HIZURU ? COMME D'HABITUDE ?

HIZURU.
OUI ?
J'Y VAIS.
DU CAFÉ.
SSS
IL A DEUX DE TENSION.
WOW
TU PEUX TE TAIRE NE SERAIT CE QU'UNE SECONDE, NIWA ?
AH, TU PEUX M'EN FAIRE UNE TASSE AUSSI ?
Oui

LES RARES FOIS OÙ SON REGARD S'ANIME,
C'EST QUAND...
ALLÔ, TÔKO ?
JE ME DEMANDE JUSQU'À QUELLE HEURE ILS VONT RESTER.
Haa
S'ILS RESTENT JUSQU'AU DÎNER, JE VAIS DEVOIR REFAIRE CUIRE DU RIZ.
Niwa mange beaucoup, en plus.
KSH

HÉ !
C'EST BIEN, C'EST BIEN !
FROTTE
FROTTE
TU AS RÉAGI, CETTE FOIS !
M... MERCI.
Je serais mort, dans le cas contraire.
PFFF

TOC
OUH LÀ, J'ALLAIS OUBLIER.
JE T'AI APPORTÉ UN CADEAU.
?!
SH
NIWA...
C'EST UN...

N'EN PARLE PAS...
À YÔMEI.
WOW, IL PLEUT VACHEMENT.
JE VAIS RAPPROCHER LA VOITURE.
PAS LA PEINE DE M'Y RACCOMPAGNER.
RENTREZ BIEN.
HIZURU.
...

OUAIP, TON COU EST CHAUD.
TU AS DE LA FIÈVRE.
MONSIEUR KIRIYA,
NE ME TRAITEZ PAS COMME UN ENFANT.
JE M'INQUIÈTE PARCE QUE TU ES TOUT PÂLE.
VA TE COUCHER, NE TE SOUCIE PAS DE YÔMEI.
FROTTE
LA PROCHAINE FOIS, JE TE RAPPORTERAI DES PÊCHES.
JE SAIS QUE T'ADORES ÇA.
T'AS HÂTE, HEIN ?

OUI.
JE VOUS REMERCIE.
DU POINT DE VUE DES GENS NORMAUX,
LES YAKUZAS SONT LES DÉCHETS DE LA SOCIÉTÉ.
MAIS MALGRÉ ÇA,
ILS ONT ÉTÉ LES SEULS...
À M'AVOIR OFFERT...
UN ENDROIT OÙ HABITER. ILS SONT MA SEULE FAMILLE.

LE BOSS S'EST FAIT TIRER DESSUS.
KATSUMATA A AUSSI ÉTÉ BLESSÉ.
C'EST IMPOSSIBLE.
PARDON.
J'ÉTAIS RESPONSABLE DE LUI.
JE NE SUIS PAS PARVENU À LE PROTÉGER.
JE SUIS IMPARDONNABLE DE LUI AVOIR SURVÉCU.

QUI A TUÉ LE BOSS ET POURQUOI ?
TOUTES LES BRANCHES DU CLAN SE SONT RASSEMBLÉES POUR RETROUVER L'ASSASSIN. EN VAIN.
LES SUSPICIONS ET SPÉCULATIONS ALLAIENT BON TRAIN QUAND...
TU VEUX QUITTER LE MONDE DE LA PÈGRE ?
OUI.
JE NE PRENDRAI PAS LA TÊTE DU CLAN.
PRENDS LA PLACE DU BOSS,
KIRIYA.
C'EST CE QU'IL Y A DE PLUS SÛR À FAIRE POUR APAISER LA SITUATION.
ET ?
QU'EST-CE QUE TU FERAS APRÈS AVOIR QUITTÉ LE CLAN ?

LE BOSS ET YÔMEI ÉTAIENT LES FILS DE L'ANCIEN PARRAIN, MAIS N'ÉTAIENT PAS NÉS DE LA MÊME MÈRE.
LA RUMEUR PRÉTENDAIT QUE YÔMEI, L'ENFANT ILLÉGITIME, VOULAIT LA PLACE DU PARRAIN.
APRÈS BIEN DES EFFORTS, KIRIYA DEVINT BOSS...
ET TÔKO, LA FEMME DE L'ANCIEN PARRAIN, PARTIT AVEC SA FILLE, UMI, POUR S'INSTALLER PRÈS DE SA FAMILLE, DANS SA VILLE NATALE.
KATSUMATA QUI AVAIT ÉTÉ BLESSÉ LORS DE L'ASSASSINAT LES PROTÈGE MAINTENANT, DISCRÈTEMENT.
ET YÔMEI, QUI A QUITTÉ LE CLAN POUR PROUVER SON INNOCENCE,
PASSE SES JOURNÉES ENTIÈRES...
DEVANT SON ÉCRAN.
IL CONSACRE TOUTE SON ÉNERGIE...
À GAGNER DE L'ARGENT POUR LA MÈRE ET LA FILLE.

N'EN PARLE PAS À YÔMEI.
ME L'APPORTER UNIQUEMENT POUR QUE JE PUISSE ME PROTÉGER ÉTAIT BIEN TROP RISQUÉ.
S'IL EST VENU ME LE DONNER,
EST-CE QUE ÇA SIGNIFIE...
QUE JE VAIS BIENTÔT DEVOIR M'EN SERVIR ?
HIZURU.
VAH
OU... OUI ?
LE BAIN...
OUI, JE L'AI FAIT COULER.

OH NON, J'AI UNE MIGRAINE, MAINTENANT.
MONSIEUR KIRIYA AVAIT RAISON.
JE FERAIS MIEUX DE ME COUCHER TÔT.
...
JE VAIS JUSTE
ALLER RANGER LES SERVIETTES DANS LA SALLE DE BAIN.
Hm
ガチャッ
FSHHHH
シャアアア…
SSS
CRIII

ガラッ
CLAC
DÉSOLÉ, JE RANGE LES SERVIETTES ET JE SORS TOUT DE SUITE.

OH !
JE SENS DANS MON DOS...
SON HUMIDITÉ, SA CHALEUR,
L'ODEUR DE SON SHAMPOING,
ET DE SON SAVON...

カチャッ
KSH
CLAP
...
Ha
OH NON...
IL A PEUT-ÊTRE CRU QUE J'AI FAIT EXPRÈS DE VENIR MAINTENANT POUR LE VOIR NU.
AAH...
JE...
ME SENS...
DE PLUS EN PLUS ...
NÉBULEUX.

JE SAIS PAS SI T'ES UN HOMO OU TRAVESTI,
MAIS JE M'EN FICHE. TANT QUE TU ME SERS À QUELQUE CHOSE, TU PEUX RESTER.
JE DOIS LUI ÊTRE UTILE.
ET IL... ME RESTE DE LA LESSIVE À FAIRE...
JE DOIS...
LUI PRÉPARER SON PETIT-DÉJEUNER DE... DEMAIN...
MERDE...
JE SUIS TOMBÉ.
J'AI MAL PARTOUT.
IL FAUT QUE JE PRENNE...
UN MÉDOC POUR LA FIÈVRE.
ヨロッ

FSHHH
ザァア…
TAP
ガタッ
TAP
ガタンッ
YÔMEI ?
HEIN ?
SSS
VOUS SORTEZ ?

TÔKO VIENT DE M'APPELER POUR ME DIRE
QU'UMI AVAIT EU UNE SUBITE POUSSÉE DE FIÈVRE.
COMME C'EST INQUIÉTANT, ON VA L'AMENER CHEZ LE MÉDECIN.
MAIS IL EST TARD.
VOUS ÊTES SÛR ?
JE REVIENDRAI DEMAIN.
KSH
ALORS QU'IL NE CONDUIT JAMAIS, D'HABITUDE.

ET LÀ, UN SEUL COUP DE TÉLÉPHONE A SUFFI...
POUR LE CONVAINCRE DE TOUT METTRE DE CÔTÉ,
ET SORTIR CONDUIRE EN PLEINE NUIT, SOUS LA PLUIE.
UGH
TAP
TAP
GH...
BOUEUH !
TOP
PSSHH
Haa
Haa
Haa
Haa

PARMI VOTRE CHER FRÈRE DÉFUNT,
TÔKO, UMI,
MONSIEUR KIRIYA,
KATSUMATA,
NIWA...
DITES-MOI,
OÙ EST-CE QUE JE ME SITUE ?
JE SAIS QUE JE NE SUIS PAS GRAND-CHOSE...
ET ÇA ME SUFFIT DE ME CONTENTER DE RESTER PRÈS DE VOUS,
MAIS J'AIMERAIS UN PEU,
RIEN QU'UN PEU,
QUE VOUS PENSIEZ À MOI.
AI-JE TORT DE LE SOUHAITER ?
J'IMAGINE QU'IL VA GENTIMENT CARESSER LA TÊTE D'UMI...
EN LUI DISANT QUE ÇA VA ALLER.
ELLE EN... A
DE LA CHANCE.

YÔMEI...
YÔMEI...

サァァァァ
FSHHHH
バサッ
SSS
ギ
CRII
ギイィ…
CRIIIII
AH !
SABBAT !

CLAP
Ech
ATTENDS !
J'AI À TE PARLER.
APPROCHE-TOI DU FEU.
ÇA SERAIT DOMMAGE D'ATTRAPER FROID EN CETTE SAISON.
HUMF
...
Et j'ai du thé.
TU ES ALLÉ VISITER LA TOMBE DE TA GRAND-MÈRE ?
VU QUE C'EST L'ANNIVERSAIRE DE SA MORT.
Du moins, je crois.
C'ÉTAIT MON INTENTION, MAIS...

À CAUSE DU DÉLUGE,
LE PONT MENANT AU CIMETIÈRE A ÉTÉ SUBMERGÉ.
JE N'AI PAS PU Y ALLER.
JE VOIS.
ET TOI ?
CRAC CRAC
QUE FAIS-TU ICI ?
CRAC CRAC

FSHHHHHH
AU PIED DE LA MONTAGNE,
LE FOUR DE MON GRAND-PÈRE...
A ÉTÉ DÉTRUIT.
J'ÉTAIS EN TRAIN DE M'EN OCCUPER.
SAWATO...

J'AI BEAUCOUP HÉSITÉ,
MAIS J'AI DÉCIDÉ DE TOUT DÉMOLIR.
IL N'EST PAS RÉPARABLE.
UN JOUR, DANS CE FOUR,
JE FERAI DES POTERIES ENCORE MEILLEURES QUE CELLES DE MON GRAND-PÈRE.
RIEN QUE POUR TOI !
DAIKI...

Chapitre 10

KACHÔ FÛGETSU

ザアアアア
FSHHHHHHHH
アア
DIS,
TU TROUVES PAS QU'IL PLEUT...
ENCORE PLUS FORT QUE TOUT À L'HEURE ?
DRIIING

BIP
ALLÔ, GARA ?
QU'Y A-T-IL ?
TAP
C'est terrible.
SHRR
KSH
BRAOUM
FSHRRR
FSHRRR
FSHRRR

CLAP
WOW !
C'EST PAS DE LA RIGOLADE, DEHORS. Y A MÊME DE LA GRÊLE.
HÉ...
SH
TU COMPTES QUAND MÊME PAS SORTIR ?!
JE N'AI PAS LE TEMPS D'ATTENDRE QUE ÇA SE CALME.

IL Y A EU UN ÉBOULEMENT AU COL DE LA FLÛTE.
D'APRÈS GARA, IL Y AURAIT PAS MAL DE DÉGÂTS.
ON A BESOIN D'UN MAXIMUM DE GENS SUR PLACE !

BAM
BOUGE.
LAISSE-MOI PASSER.
TU RISQUES DE TE BLESSER EN Y ALLANT.
ATTENDS AU MOINS QUE LA GRÊLE S'ARRÊTE.
TU NE VOUDRAIS PAS QU'IL T'ARRIVE LA MÊME CHOSE QU'À MOI.

SH
FS
H
H
H
H
H
H

BOM
UH...
TU T'EN SOUVIENS MÊME PAS.
TU AS TOUT OUBLIÉ !
ALORS NE ME DONNE PAS DE LEÇONS !

SSS

GNAC
...
SAWATO...
UH...
GN
GN
UH...
GN
GN
JE SUIS VRAIMENT DÉSOLÉ.
PARDON.

MAIS JE SUIS SÉRIEUX.
JE M'INQUIÈTE VRAIMENT.
RESTE UN PEU ICI LE TEMPS QUE ÇA SE CALME.
TU PEUX ME MORDRE SI ÇA TE FAIT DU BIEN.
OK ?
SAWATO...
SHAA
SHAA

J'AI MAL...
AUX BRAS...
ET AUX JAMBES.
TOUT MON CORPS ME LANCE.
J'EN-TENDS UN BRUIT.
DES SIRÈNES ?
IL Y A LE FEU ?
PIIN POON
FSHHH
LA POLICE ?!
Ha
GHH
GHH
UH...
PIIN POON
FSHHH
FSHHH

!
C'EST QUOI, CES SIRÈNES ?
Vous allez être trempé !
C'EST PARCE QUE LA RIVIÈRE EST EN CRUE.
OH...
DES VOITURES ONT ÉTÉ PRISES DANS UN ÉBOULEMENT AU COL DE LA FLÛTE.
IL VAUT MIEUX QUE VOUS ÉVITIEZ DE SORTIR.
Il pleut très fort.
FSH
FSH
UNE VOITURE A ÉTÉ DÉGAGÉE,
MAIS ILS N'ONT PAS TROUVÉ LE CONDUCTEUR.
ELLE N'EST PAS IMMATRICULÉE DANS LE COIN,
DONC C'EST SANS DOUTE QUELQU'UN QUI A EMMÉNAGÉ RÉCEMMENT.

VOUS SORTEZ ?
TÔKO VIENT DE M'APPELER POUR ME DIRE...
QU'UMI AVAIT EU UNE SUBITE POUSSÉE DE FIÈVRE.
COMME C'EST INQUIÉTANT, ON VA L'AMENER CHEZ LE MÉDECIN.
JE REVIENDRAI DEMAIN.
IL EST PARTI EN VOITURE...
C'ÉTAIT QUELLE VOITURE ?
QUELLE COULEUR ? QUEL MODÈLE ?
HEIN ?
EH BIEN...
YÔMEI...
ELLE ÉTAIT BLANCHE...
ET... EUH... LE LOGO DE LA MARQUE, C'EST QUATRE RONDS. JE NE SAIS PLUS LE NOM.
A UNE AUDI.

FSHHHHH
YÔMEI...
C'EST IMPOSSIBLE.
ÇA NE PEUT PAS ÊTRE LUI.
IL NE PEUT PAS ÊTRE MORT.
IL EST FORCÉMENT SAIN ET SAUF...

PARCE QU'IL LUI A ÉTÉ CONFIÉ,
QUOI QU'IL ARRIVE,
UH...
DE VEILLER SUR ELLES.
SANS LUI, ELLES NE POURRONT PAS ÊTRE HEUREUSES.

YÔ... YÔMEI...
VOTRE...
VOTRE VOITURE ?
LA ROUTE EST INONDÉE.
C'ÉTAIT TROP COMPLIQUÉ DE CONTINUER,
ALORS J'AI LAISSÉ LA VOITURE.
PAF
AH... JE VOIS.
VOUS ALLEZ BIEN...
JE SUIS CONTENT...

HIZURU !
!
FSHHH

BAH
HITOMI !
PARDON DE VENIR TE VOIR AVANT L'OUVERTURE,
MAIS JE NE VOYAIS PAS OÙ ALLER À PART ICI.
C'est rien.
MAIS C'EST BIEN PARCE QUE C'EST TOI.
POSEZ-LE LÀ, JE VAIS L'EXAMINER.

VOUS POUVEZ ME DIRE VOTRE NOM ?
HIZURU... SANO...
VOUS AVEZ UNE FORTE FIÈVRE.
DEPUIS QUAND VOUS SENTEZ-VOUS MAL ?
D... DEPUIS... HIER MIDI...
VOTRE VENTRE N'EST PAS GONFLÉ.
JE VAIS ÉCOUTER VOTRE CŒUR.
...
C'EST À CAUSE DE MOI QU'IL A DE LA FIÈVRE ?!
ARGH
Il est tombé dans la rizière par ma faute, avant-hier !

BIEN.
ÇA N'EST PAS UNE GRIPPE VIRALE, ÇA DEVRAIT ALLER.
VOICI UNE ORDONNANCE.
SI LA FIÈVRE NE BAISSE PAS, PRENEZ CES MÉDICAMENTS.
JE VOUS REMERCIE.
CE N'EST RIEN.
PRENEZ SOIN DE VOUS.
AH.
AU FAIT,
S'IL VOUS PLAÎT, PASSEZ LE BONJOUR...
À KIRIYA POUR MOI.
YÔMEI TSUJIMOTO.
JE LUI TRANSMETTRAI, SI JE LE VOIS.
FSHHH

CLAC
HIZURU,
ON EST ARRIVÉS.
D... D'AC-CORD.
FH
FH
Haa
METS ÇA.
...
CLAC
EUH...
VOUS DEVRIEZ AUSSI VOUS CHANGER.
ALLEZ, ALLONGE-TOI.
POF
JE SUIS DÉSOLÉ.

QU'EST-CE QUE JE FICHE ?
IL A ÉTÉ MOUILLÉ PAR LA PLUIE À CAUSE DE MOI.
Haa
JE SUIS INCAPABLE DE M'OCCUPER DE MOI-MÊME...
TOC
JE T'AI DIT DE T'ALLONGER.
UH...
OH NON...

JE DOIS PAS ME RELÂCHER, SINON JE VAIS PLEURER.
PRENDS TES MÉDICAMENTS.
OUI...
?
C'EST GROS.
C'EST...
C'EST UN SUPPOSITOIRE ?
...
JE VAIS LE METTRE
AUX TOILETTES...
GNN
UH...
POF

Chapitre 11

KACHÔ FÛGETSU

FSHHHH
METS-TOI SUR LE CÔTÉ
SI TU N'ES PAS CAPABLE DE TE METTRE DEBOUT.
M...
MAIS LE MÉDI-CAMENT...
Haa
Haa
FAIS CE QUE JE TE DIS.

JE VAIS LE FAIRE À TA PLACE.
みし
FH
HEIN ?
COMMENT ÇA ?
SH
YÔ...
GNAP
?!

Guh
GN
SSS
IIH...
AH...
A...
ARRÊTEZ !

BRR
BRR
TA FIÈVRE NE BAISSERA PAS SI TU NE PRENDS PAS CE MÉDICAMENT.
ALORS OUBLIE TA GÊNE, TU VEUX ?
JE VAIS...
JE VAIS LE FAIRE MOI-MÊME.
NE ME REGARDEZ PAS... S'IL VOUS PLAÎT.
QU'EST-CE QUE TU RACONTES ? TU CROIS EN ÊTRE CAPABLE, DANS TON ÉTAT ?
MAIS...
VOUS N'ALLEZ QUAND MÊME PAS
VRAIMENT ...

D'ACCORD.
C'EST TOI QUI LE METS.
JE VAIS TE TENIR POUR T'AIDER.
MAIS...
ALLEZ, DÉPÊCHE.
OUI...
P... POURQUOI ?

JE VAIS...
GN
LE METTRE
SSS
VITE.
COMMENT ON EN EST ARRIVÉS LÀ ?
OH...
SSS
JE VAIS RÉESSAYER.
Haa
ÉCARTE LES JAMBES.

!
SHAH
NE ME REGARDEZ PAS,
S'IL VOUS PLAÎT !
OUI.
J'AI COMPRIS, ALORS FAIS-LE.
UH...
FH

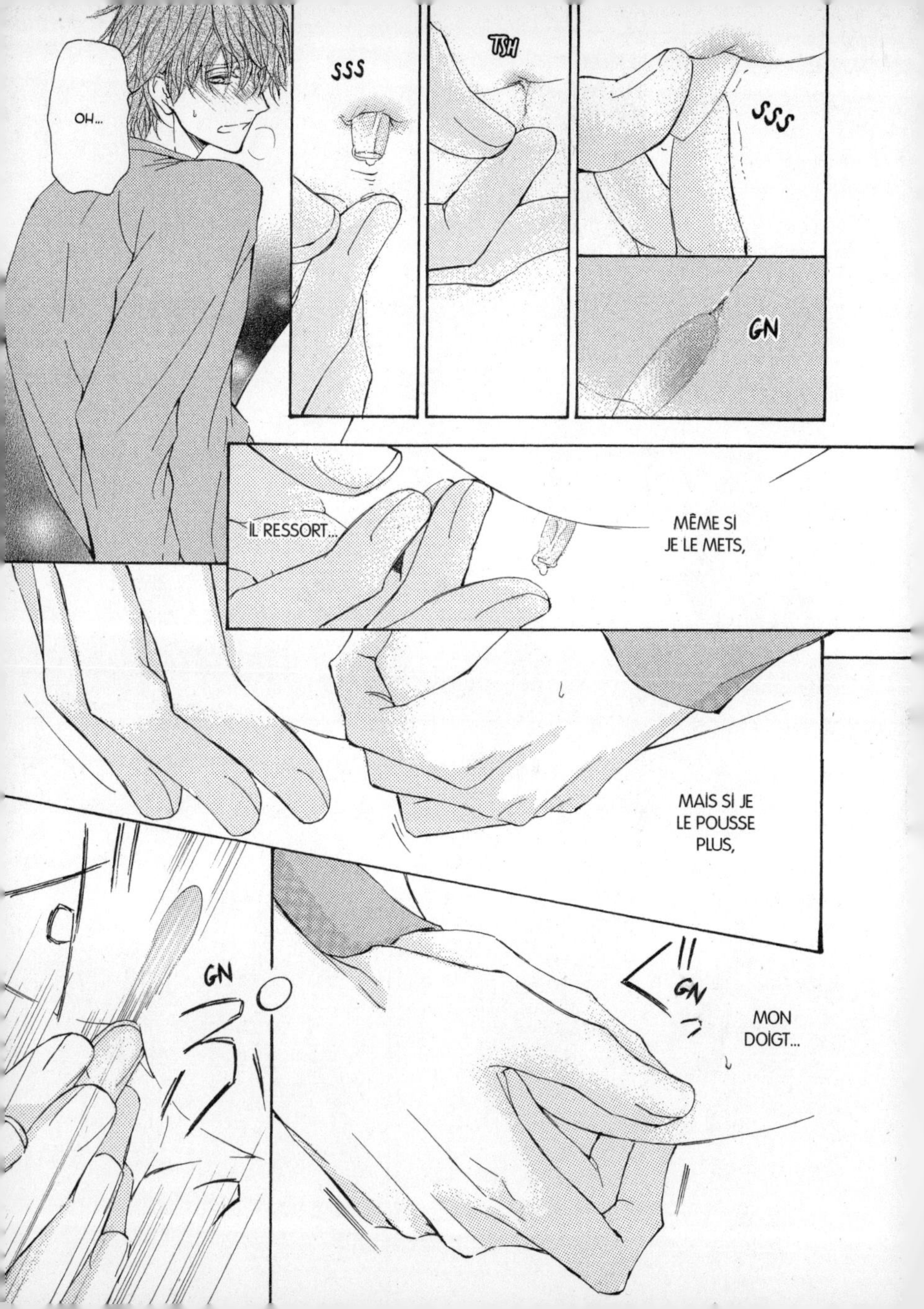
SSS
GN
TSH
SSS
OH...
MÊME SI JE LE METS,
IL RESSORT...
MAIS SI JE LE POUSSE PLUS,
GN
MON DOIGT...
GN

UH...
BRR
C'EST BON, IL EST DEDANS.
BRR
DORS, MAINTENANT.
FLAP
BRR
じわっ

...
Snif
Snif
JE SUIS DÉSOLÉ.
JE VOUS...
Snif
FAIS FAIRE... DES CHOSES... QUI...
IL FAUT PAS PLEURER POUR ÇA.
TU OUBLIES
QUE C'EST PAS LA PREMIÈRE FOIS QUE JE T'EN METS UN.

IM... POSSIBLE ...
...
QU... QUAND...
JUSTE APRÈS T'AVOIR RECUEILLI.
TU T'EN SOUVIENS SANS DOUTE PAS VU QUE TU DÉLIRAIS.
UH...
HIZURU ?
BRR
BRR
Par-don...
CRII
SH

TU AS
ENCORE
FROID ?
VVH

NON.
J'AI...
BIEN CHAUD, MAINTENANT.
QU'EST-CE QU'IL Y A, HIZURU ?
TU N'ARRIVES PAS À DORMIR ?

PEU APRÈS QUE YÔMEI M'A RECUEILLI,
JE LUI AI DIT QUE J'AVAIS PEUR DE DORMIR.
IL M'A LAISSÉ VENIR DANS SON LIT, COMME UN CHIOT.
ÇA NE LE METTAIT PAS MAL À L'AISE D'ÊTRE AVEC MOI ?
JE ME DISAIS QUE POUR UN ADULTE, IL ÉTAIT BIEN ÉTRANGE.
MAIS IL FAISAIT SI CHAUD, PRÈS DE LUI.
JE ME SUIS SENTI EN SÉCURITÉ.

SEULEMENT, LÀ, J'AI MAL.
IL EST SI CRUEL.
ALORS QU'IL NE PEUT PAS M'AIMER.
PLUS J'ESSAIE DE ME RAISONNER,
PLUS IL SE MONTRE GENTIL,
ET PLUS JE DEVIENS FAIBLE FACE À LUI.

ALORS QU'IL NE RESSENTIRA JAMAIS
LA MÊME CHOSE QUE MOI.

C'EST MON CHAT.
UN CHAT RIEN QU'À MOI.
JE VAIS PRENDRE SOIN DE LUI.
OCCUPE-T'EN.
D'ACCORD.
T'IENS, CADEAU.
C'EST DE SA PART.
J'AI PAS ENVIE DE M'EMMERDER AVEC.
IDIOT, C'ÉTAIT ÉVIDENT QUE TU ALLAIS L'ÉTOUFFER EN DORMANT AVEC.
T'ES PLUS UN BÉBÉ. POURQUOI T'AS VOULU DORMIR AVEC LUI ?
MAIS TROIS JOURS PLUS TARD, UN MATIN,
JE L'AI RETROUVÉ TOUT FROID,
DANS MON LIT.

HEUREUSEMENT QU'IL NOUS A DONNÉ UN CHAT.
SI ÇA AVAIT ÉTÉ UN CHIEN, COMME POUR LE FILS DE SA FEMME,
ON AURAIT DIFFICILEMENT PU DIRE QU'IL S'ÉTAIT ENFUI QUELQUE PART.
ON M'A DIT QU'UN CHAT, C'ÉTAIT PETIT ET FAIBLE...
ET QUE JE M'ÉTAIS TROMPÉ DANS MA MANIÈRE DE PRENDRE SOIN DE LUI.
TU BOUGES JAMAIS QUAND TU DORS. L'AUTRE NUIT, JE T'AI RETROUVÉ SUR LE DOS, DROIT COMME UN I. ON AURAIT VRAIMENT DIT QUE TU ÉTAIS MORT. J'AI DÛ VÉRIFIER QUE TU RESPIRAIS BIEN.
C'EST PARCE QUE JE POURRAIS T'ÉTOUFFER EN ME RETOURNANT.
HEIN ? COMMENT ÇA ?

LORSQUE J'AVAIS 15 ANS, MA MÈRE COMPLÈTEMENT BOURRÉE EST MONTÉE SUR MOI.
JUSQU'À CE QUE MON FRÈRE S'EN RENDE COMPTE À MES 18 ANS,
JE COUCHAIS AVEC MA MÈRE.
C'EST...
TON CHIEN ?
OUI, C'EST MON PÈRE QUI ME L'A OFFERT.
TU COMPRENDS, YÔMEI ?
COUCHER AVEC DES GENS DE SA FAMILLE,
C'EST UN CRIME PIRE QUE LE MEURTRE.
SI TU VEUX QU'ON RESTE FRÈRES, NE RECOMMENCE PAS.
D'ACCORD.
JE NE LE FERAI PLUS JAMAIS.

C'EST SON CHIEN.
IL A UN CHIEN QUI LUI EST LOYAL.
ET LUI AUSSI.
← Lui, là
?
TU N'ES PAS UN CHIEN, HEIN KIRIYA ?
DIFFICILE À COMPRENDRE, COMME TOUJOURS...
TA FAÇON DE PARLER, JE VEUX DIRE.
Ha ha ha

LES CHATS SONT FAIBLES,
MAIS...
QU'EN EST-IL DES CHIENS ?
YÔMEI.
C'EST À TOI...
DE T'OCCUPER DE LUI.

JE SAIS PAS SI T'ES UN HOMO OU TRAVESTI,
MAIS JE M'EN FICHE. TANT QUE TU ME SERS À QUELQUE CHOSE,
TU PEUX RESTER.
MAIS SACHE QUE C'EST PAS MON TRUC DE PRENDRE DES MECS
OU DE ME FAIRE PRENDRE.
GARDE ÇA EN TÊTE.

COUCHER AVEC...
DES GENS DE SA FAMILLE.
C'EST UN CRIME...
PIRE QUE LE MEURTRE.
SI TU VEUX QU'ON RESTE FRÈRES, NE RECOMMENCE PAS.
JE NE DOIS PAS AVOIR DE CHAT.
JE NE DOIS PAS BOUGER EN DORMANT.
JE NE DOIS PAS COUCHER AVEC DES MEMBRES DE MA FAMILLE.

JE VOUS EN PRIE, FAITES DE MOI VOTRE SUBALTERNE.
JE VEUX VOUS ÊTRE UTILE.
SI TU ÉCHANGES LES COUPES DE SAKÉ DU SERMENT AVEC LUI, VOUS DEVIENDREZ FRÈRES.
MÊME SI VOUS N'ÊTES PAS LIÉS PAR LE SANG.
TU COMPRENDS, YÔMEI ?

D'ACCORD.
C'ÉTAIT LA PREMIÈRE FOIS QU'ON ME DONNAIT UN CHIEN.
UN CHIEN RIEN QU'À MOI.
MAIS UN JOUR, CE CHIEN A GUÉRI,
ET EST DEVENU UN HUMAIN.

Haa
IL AURAIT MIEUX VALU...

QUE TU SOIS UN CHIEN.

FSHHHH
サァァァァ…
L'AVERSE S'EST CALMÉE.
J'Y VAIS.
KSH
SAWATO.
DIS-MOI,
TOI QUI CONTINUES DE SONGER AU PASSÉ,
TU PEUX M'EN PARLER ?

LA PERSONNE QUE J'ÉTAIS PENDANT…
CES TROIS MOIS QUE J'AI PERDUS.
ET QUE TU AIMAIS TANT,
ÉTAIT-ELLE SI FORMIDABLE…
QU'ELLE PARVIENT À EFFACER LA PERSONNE QUE JE SUIS MAINTENANT ?

TU TE TROMPES.
C'ÉTAIT PAS QUELQU'UN DE BIEN.
LA VÉRITÉ, C'EST QUE ...
DÈS NOTRE PREMIÈRE RENCONTRE,
IL A ÉTÉ MÉPRISABLE.
OH...

QUEL DOMMAGE.
T'ES UN MEC.

IL Y A UN VILLAGE D'À PEINE MILLE HABITANTS, EN PLEIN CŒUR DES MONTAGNES.
UN PETIT VILLAGE RURAL COMME IL EN EXISTE TANT.
Chapitre 12
HÉ, C'EST LE PETIT KUROI.
IL FAIT BEAU, HEIN ?
JE CONNAIS LE VISAGE DE TOUTES LES PERSONNES QUE JE CROISE.
PETIT ! TU VEUX DES POUSSES DE BAMBOU ?
ÇA FERAIT PLAISIR À MADAME SHINO...
DE SAVOIR QUE TU REPRENDS LA TÊTE DE LA FAMILLE KUROI.
VOUS ÊTES DE RETOUR, MONSIEUR SAWATO.
YOSHI, OÙ EST ENMA ?
IL EST ALLÉ SE COUCHER.

Chapitre 12

KACHÔ FÛGETSU

DE CE VILLAGE...
QUI SEMBLE SUR LE POINT DE DISPARAÎTRE.

FSHHH
TSH
SSS
J'AIME CETTE PÉRIODE BLEUE ET SILENCIEUSE...

DURANT LAQUELLE...
LA NUIT...
LAISSE PLACE AU MATIN.
CUI
CUI
CUI
CUI
FLAP
FLAP
FLAP
FLAP
OH...
QUEL DOMMAGE.

T'ES UN MEC.

C'EST LA PREMIÈRE FOIS QUE JE VOIS CET HOMME.
CE N'EST PAS UN DES VILLAGEOIS.
TU ES SUR UN TERRAIN PRIVÉ.
TU NE PEUX PAS Y ENTRER À TA GUISE.
OUI, JE SAIS, JE SAIS.
COMMENT J'AURAIS PU LE DEVINER
AVEC UNE COUPE DE CHEVEUX PAREILLE ?
EN FAIT, POUR TOUT TE DIRE, LA PERSONNE RESPONSABLE DE CETTE PARCELLE,
C'EST **MOI.**

RESPONSABLE ?!
EFFECTIVEMENT.
CE SONT LES KANZE QUI S'OCCUPAIENT DU TERRAIN
DE LA FAMILLE KUROI.
AH ?
VOUS NE VOUS SOUVENEZ PAS
DE MONSIEUR MASARU KANZE, LE POTIER ?
NON.
JE SAIS QU'ON A UN ATELIER DE POTERIE DANS LE VILLAGE,
MAIS C'EST TOUT.
SSS
LORSQUE VOUS ÊTES REVENU ICI
AU DÉBUT DU PRINTEMPS, JE CROIS,
IL ÉTAIT DÉJÀ HOSPITALISÉ. IL EST MORT À L'HÔPITAL.
ON SE DEMANDAIT QUOI FAIRE DE SON ATELIER ET DE SA MAISON.
ON RACONTAIT QU'IL AVAIT UN PETIT-FILS,
MAIS IL...

KANZE...
C'EST VRAIMENT DU LUXE...
POUR UN BAIN MATINAL.
MAIS C'EST PAS ÉTONNANT POUR UNE PRINCESSE DE LA FAMILLE KUROI.
KANZE !
PLATCH

ÇA FAIT UN MOMENT QUE JE SUIS ARRIVÉ
ET C'EST SEULEMENT MAINTENANT QUE TU COMPRENDS ?
C'EST QUAND MÊME PROBLÉMA-TIQUE...
QU'UN CHEF DE VILLAGE...
NE RECONNAISSE PAS SES VOISINS.
VOUS N'ÊTES PAS D'ACCORD,
PRINCESSE ?

MOI, UNE PRINCESSE ?
CLAC
IL SE FICHE DE MOI ?!
CLAC
CLAC
CLAC
CLAC
HÉ ! SABBAT !
ÇA VA ? T'ES UN PEU TROP MOTIVÉ, LÀ.
PAS BESOIN DE COUPER AUTANT !
CLAC
…
C'EST VRAI QU'AUX DÉBUTS DU GROUPE,
Hein ? T'es vraiment un mec ?
Effectivement.
ON ME PRENAIT SOUVENT POUR UNE FILLE À CAUSE DE MES CHEVEUX.

...
SÔSUKE.
QUOI ?
SABBAT ESSAIE DE SE COUPER LES CHEVEUX AVEC UN SÉCATEUR.
?!
SABBAT ! STOP ! ARRÊTE !
YAYA, AIDE-MOI AU LIEU DE REGARDER !
DÉSOLÉ.
MÊME SI T'AS ENVIE DE TE LES COUPER,
KSH
NE LE FAIS PAS AVEC UN SÉCATEUR.
MADAME SHINO,

MERCI DE SI BIEN TRAVAILLER POUR NOUS.
VOUS FAITES TANT POUR CE VILLAGE.
VOUS ÊTES D'UNE GRANDE AIDE POUR LES PERSONNES ÂGÉES COMME MOI.
C'ÉTAIT ...
LA MAMIE KIMURA.
J'AVAIS ENTENDU DIRE QU'ELLE ÉTAIT UN PEU SÉNILE.
ÇA EXPLIQUE POURQUOI ELLE T'A APPELÉ « MADAME SHINO ».

T'ES VACHEMENT AU COURANT.
KSH
LA CAMPAGNE, C'EST LE JEU DU TÉLÉPHONE ARABE CONSTANT.
MA MAMIE SAIT ABSOLUMENT TOUT, C'EST EFFRAYANT.
C'EST QUAND MÊME PROBLÉMATIQUE
QU'UN CHEF DE VILLAGE NE RECONNAISSE PAS SES VOISINS.
...
MAMIE,
JE SUIS RENTRÉ.

BON-SOIR,
ENMA.
GRAND FRÈRE.
IL PARAÎT QU'IL VA PLEUVOIR TOUTE LA JOURNÉE, DEMAIN.
EST-CE QUE JE POURRAI SORTIR ?
ENM...
DRING DRING DRING
DÉSOLÉ, ON EN PARLE TOUT À L'HEURE.
DRING DRING
GRAND FRÈRE...
BIP
OUI, ALLÔ ?
CLAC

LA MAMIE KIMURA QUI EST VENUE NOUS VOIR AUJOURD'HUI N'EST TOUJOURS PAS RENTRÉE CHEZ ELLE.
ON NOUS A DEMANDÉ DE LA CHERCHER.
TU POURRAIS VOIR DE TON CÔTÉ ?
JE PARS DU SANCTUAIRE,
JE VAIS COUVRIR LA ZONE NORD.
COMPRIS.
Madame Kimura !
Madame Kimura !
Hé oh, madame Kimura !
DRING DRING DRING
BIP
OUI ?

SABBAT ! ON L'A TROUVÉE !
OUI.
D'ACCORD.
ON VA LA RAMENER CHEZ ELLE.
OUI, À PLUS TARD.
BIP
PLOC
PLOC
PLIC
PLIC
PLIC

...
JE N'AI SERVI À RIEN.
FSHHH
ザアアア
SH
PSH

TU DOIS VRAIMENT ADORER TE BAIGNER
POUR VENIR ICI PAR UN TEMPS PAREIL.
TU ES VRAIMENT ÉTRANGE.
ET TOI QUI VIENS CHAQUE MATIN ME VOIR COMME UN STALKER,
ÇA T'INTÉRESSE TANT QUE ÇA DE VOIR UN HOMME NU ?
MA GRAND-MÈRE ET MOI ÉTIONS LES SEULS À CONNAÎTRE CET ENDROIT.
UN ENDROIT OÙ S'ISOLER.
C'ÉTAIT UN LIEU SECRET.

TU DEVRAIS SORTIR.
TU VAS ATTRAPER FROID.

FSHHHHH
!

MON-SIEUR !
LE PETIT ENMA...
OÙ EST ENMA ?!
IL N'EST PAS DANS SA CHAMBRE.
JE L'AI CHERCHÉ PARTOUT DANS LA MAISON !
IL PARAÎT QU'IL VA PLEUVOIR TOUTE LA JOURNÉE, DEMAIN.
EST-CE QUE JE POURRAI SORTIR ?
ENMA !

Chapitre 13
KACHÔ FÛGETSU

ENMA SERAIT SORTI ?
JE VAIS LE CHERCHER !
YOSHI, APPELEZ LE DOCTEUR TADOKORO AU CAS OÙ, S'IL VOUS PLAÎT.
B... BIEN.
VHAM
MON DIEU...

ENMA !
LE SOLEIL COMMENCE...
À RÉAPPARAÎTRE PEU À PEU.
JE DOIS...
FAIRE VITE !
ENMA !
GRAND FRÈRE ...
ENMA !

!
SHAH
TU AS MAL ?
UH...
JE VAIS VITE T'AMENER À L'OMBRE.
GN

LAISSE-MOI FAIRE.
OÙ TU VEUX QUE JE L'AMÈNE ?
HÉ OH !
EUH... CHEZ MOI !

ENMA NE SUPPORTE PAS LE SOLEIL !

IL DEVAIT...
POURTANT PLEUVOIR.
J'AI ENCORE ...
CAUSÉ DU SOUCI...
AUX GENS AUTOUR DE MOI.

JE TE REMERCIE UNE NOUVELLE FOIS
DE M'AVOIR AIDÉ...
À PORTER MON FRÈRE.
TU SAIS,
TU DEVRAIS FAIRE PREUVE DE PLUS DE PUDEUR.
OU AU MOINS, DÉVELOPPER TON INSTINCT DE SURVIE.
QUOI ?
TA TENUE N'EST PAS TRÈS CORRECTE.
DÉSOLÉ D'ÊTRE IMPUDIQUE !
TU N'AS QU'À PAS REGARDER !
AH,
C'EST COMME ÇA QUE TU LE PRENDS ?

ずいっ
HOP
J'IGNORE CE QUE TU ME VEUX,
MAIS JE N'AI PAS BESOIN DE ÇA !
TU ME CONSIDÈRES…
COMME UN CHIOT SANS DÉFENSE ?
…
C'EST CE QUE TU T'ES DIT ?
PARCE QUE J'AI TORT ?

OUAIS.

バサッ
POF

JE VOULAIS JUSTE ÉVITER...
QU'UN JOLI VISAGE QUI ME PLAÎT...
SOIT MOUILLÉ PAR LA PLUIE.
BLAM
KOF

J'AI EMBRASSÉ UN MEC...
SANS Y PENSER.
J'ai encore mal au bide.
FAUT DIRE...
QU'IL LUI RESSEMBLE TELLEMENT.
COMMENT J'AURAIS PU NE PAS FLIRTER AVEC LUI ?
HEIN, SHINO ?
...
J'AI LES MÊMES GOÛTS QUE PÉPÉ...
EN MATIÈRE DE FEMMES. C'EST DINGUE.

MON GRAND-PÈRE N'ÉTAIT ATTACHÉ À RIEN, NI À L'ARGENT NI AU PRESTIGE,
NI MÊME À SA FAMILLE,
MAIS UNE PERSONNE A TROUVÉ GRÂCE À SES YEUX.
MADAME SHINO.
DAIKI,
SI TU ACCEPTES CETTE CONDITION,
JE TE DONNERAI
TOUT CE QUE JE LAISSERAI SUR CETTE TERRE.
TU T'EN SENS CAPABLE ?

IL NE M'A DONNÉ QU'UNE CONDITION.
DEVENIR LE RESPONSABLE DES TERRES ET DES TOMBES DE LA FAMILLE KUROI ET, COMME UNE OMBRE, PROTÉGER SES MEMBRES...
À SA PLACE.
ÇA A ÉTÉ NOTRE PREMIÈRE ET DERNIÈRE PROMESSE.
FSHH
ENCORE TOI...
JE PEUX SAVOIR POURQUOI TU VIENS TOUJOURS QUAND JE ME BAIGNE ?!
PERVERS !
PLATCH

HÉ, T'ES PAS SYMPA...
FSH
TU N'AS QUE CE QUE TU MÉRITES.
ABRUTI !
OUAIS ...
TU SAIS QUOI ?

JE PENSAIS QUE LES MECS M'ATTIRAIENT PAS,
MAIS SI J'ÉTAIS AVEC TOI,
J'AURAIS AUCUN MAL.
FFF
HM ?
BLAM
GUH
CRÈVE !
TAP
TAP

SALUT.
ON M'A LAISSÉ ENTRER.
YOSHI...
QU'EST-CE QUE TU FICHES À MANGER LIBREMENT CHEZ LES GENS ?
C'EST MADAME YOSHI QUI A INSISTÉ.
IL EST GENTIMENT VENU VOIR COMMENT ALLAIT MONSIEUR ENMA.
ET COMME IL ÉTAIT MIDI,
JE LUI AI PROPOSÉ DE DÉJEUNER ICI POUR LE REMERCIER.
VOUS COMPRENEZ ?

DE PLUS, SON GRAND-PÈRE EST VENU EN AIDE À MADAME SHINO, AUTREFOIS.
ALORS JE L'AI LAISSÉ ALLUMER DE L'ENCENS POUR ELLE.
MONSIEUR KANZE...
DOIT ÊTRE HEUREUX DANS L'AU-DELÀ D'AVOIR UN PETIT-FILS AUSSI SÉRIEUX.
...
MERCI POUR VOTRE ACCUEIL.
Haa
MADAME YOSHI CUISINE VRAIMENT BIEN.
ELLE M'A DIT QU'ELLE HABITAIT ET TRAVAILLAIT ICI DEPUIS BIEN AVANT TA NAISSANCE.
ELLE ÉTAIT LA SŒUR DE LAIT
DE MADAME SHINO, C'EST ÇA ?

ELLE M'A RACONTÉ
PLEIN DE CHOSES SUR MADAME SHINO.
ELLE M'A DIT QU'ELLE ÉTAIT LA PLUS TALENTUEUSE ET LA PLUS BELLE FEMME DE TOUT LE VILLAGE,
ET QUE SON COURAGE N'AVAIT PAS D'ÉGAL.
IL PARAÎTRAIT MÊME QU'ELLE AURAIT BATTU UN MALFAITEUR AVEC UNE LANCE.
TU PARLES TROP.
ET APPAREMMENT,
TU LUI RESSEMBLERAIS ÉNORMÉMENT.
C'EST GRÂCE À ÇA QUE TU ES DEVENU CHEF DE VILLAGE, N'EST-CE PAS ?
C'EST BIEN, AUTANT UTILISER TOUS TES ATOUTS !

PAF
FERME-LA !
JE N'AI PAS BESOIN...
JE SAIS TRÈS BIEN...
QUE TU ME LE DISES.
COMBIEN MA GRAND-MÈRE...
ÉTAIT UNE PERSONNE REMARQUABLE.
ET À QUEL POINT...

JE NE LUI ARRIVE PAS À LA CHEVILLE.
Bat...
Sabbat...
SABBAT !
Ha
TU ÉCOUTAIS ?
OUI, OUI !
VOUS VOULEZ QU'ON FASSE DES RONDES LE SOIR ?
OUI.

ON NOUS A SIGNALÉ QUE DES PERSONNES VIENNENT LE SOIR DANS LE COIN
POUR SE DÉBARRASSER DE LEURS AFFAIRES.
LES VILLAGEOIS RACONTENT QU'ILS ONT VU PLUSIEURS VOITURES LOUCHES.
MAIS C'EST À LA POLICE DE...
C'EST CE QUE JE LEUR AI DIT, MAIS APPAREMMENT, ILS NE FONT RIEN.
LES PERSONNES ÂGÉES SE PLAIGNENT ET CRAIGNENT QUE ÇA AIT DES RÉPERCUSSIONS SUR LES RIZIÈRES ET LES CHAMPS.
DONC RENDEZ-VOUS CE SOIR À MINUIT...
À L'ENTRÉE DU COL DE LA FLÛTE.
OK ?
OUAIS.
OK.
JE VIENDRAI TE CHERCHER.
ATTENDS-MOI QUINZE MINUTES AVANT SUR LA ROUTE EN BAS.
JE SUIS INUTILE, MÊME DANS CE GENRE DE SITUATIONS.

QU'EST-CE QUI TE PREND ?
C'EST UN PEU TARD POUR REGRETTER DE PAS AVOIR LE PERMIS, NON ?
OUI.
MERCI, JE COMPTE SUR TOI.
PAS DE PROBLÈME !

CRII
LE VOILÀ.
!
TU VAS TE FAIRE ÉCRASER SI TU RESTES...
AU MILIEU DE LA ROUTE.
TU TE FAIS UNE PETITE BALADE NOCTURNE ?

SH
DÉSOLÉ POUR L'ATTENTE, SABBAT !
?
EUH... TU LE CONNAIS ?
C'EST UN DES MECS LOUCHES QUI A ÉTÉ APERÇU.
OH, OK.
TWIP
J'APPELLE LA POLICE.
CLAC
?!
OH...
ALORS C'EST TOI, LE PETIT-FILS DE LA FAMILLE KANZE !
VOILÀ.

T'ES LIBRE, LÀ ?
BEN,
J'AVAIS SIMPLEMENT PRÉVU DE REGARDER LE DVD QUE J'AI LOUÉ ET DORMIR.
SUPER, ALORS.
EN PLUS, TU AS UNE VOITURE.
SABBAT, IL VA POUVOIR NOUS AIDER.
QU... ?
NOUS AIDER ?
ÇA TE VA DE PATROUILLER DANS LE SECTEUR AVEC SABBAT ?
GARA !

PLUS ON EST NOMBREUX, PLUS CE SERA SIMPLE, NON ?
DIS-TOI QUE C'EST JUSTE UN CHAUFFEUR DE TAXI.
MAIS...
GARA !
MOI, ÇA ME VA.
JE VOUS EMMÈNERAI LÀ OÙ VOUS VOUDREZ,
PRINCESSE.
NGH...

Chapitre 14

KACHÔ FÛGETSU

VROOM
ALORS ?
OÙ SOUHAITEZ-VOUS VOUS RENDRE, PRINCESSE ?
DANS LE BOIS OU LA MONTAGNE.
DANS DES ENDROITS TRANQUILLES ET DISCRETS.
...
VRAIMENT ?

TU ME FAIS DES AVANCES, LÀ ?
T'approche pas !
BLAM
Aïe !!
C'ÉTAIT JUSTE UNE BLAGUE !
FERME-LA.
AH...
EST-CE QUE ÇA VEUT DIRE QUE J'AI PEUT-ÊTRE UNE CHANCE ?
GH...
EUH...
TU PEUX ÉVITER DE ME FRAPPER QUAND JE CONDUIS ?

ガタ
CRAC
ガタ
CRAC
ガタ
CRAC
LA ROUTE N'EST PAS LARGE.
ON EST FOUTUS SI UNE BAGNOLE ARRIVE EN FACE.
!
IL Y EN A UNE, LÀ-BAS !
CE N'EST PAS UNE PLAQUE DU DÉPARTEMENT.
C'EST LOUCHE.
SI ELLE BOUGE PAS,
ON VA ÊTRE BLOQUÉS.

CRII
JE KLAXONNE POUR VOIR ?
ON FAIT QUOI ?
ON DIRAIT QU'IL N'Y A PERSONNE, DEDANS.
KSH
KSH
IL VOULAIT PAS QU'ON ATTENDE LÀ ?
IL COMPTE FAIRE QUOI
SI CES GENS SONT DANGEREUX ?
!
FLASH
神奈川54
49-3
SH

AH, IL EST LÀ.
?
QU'EST-CE QU'IL FOUT ?
IL PISSE ? HA HA !
SHRR
Ha

SHRR
SHRR
SHRR

...
ON A ASSEZ DE PREUVES COMME ÇA.
RETOURNONS À LA VOITURE.
S'ILS NOUS GRILLENT, ON EST MAL.
T'APPROCHE PAS !
Et me chuchote pas à l'oreille !
GH...
FRR
?!
Y A QUELQU'UN ?!

COURS !
FRR
SHAAH

CRASH
KSH

Ha
Ha
Ha
Ha
POP
!
BLAM
CRAC
CRAC
GH
UH...
FSH

KSH
HA ...
HA ...
KSH
HA ...

BLAAM
KLING

HAA
HAA
HAA

VROOOM
CLAC
JE VOUS REMERCIE.
DÉSOLÉ POUR L'ATTENTE.
RENTRONS.

QUELLE HONTE DE NE PAS AVOIR MON PERMIS.
JE TE FAIS CONDUIRE ALORS QUE TU ES BLESSÉ.
C'EST TOI QUI ES BLESSÉ !
J'AI LA TÊTE SOLIDE, C'EST RIEN POUR MOI.
UNE BLESSURE À LA TÊTE EST PLUS DANGEREUSE QU'UNE À LA JAMBE !
T'AS EU CINQ POINTS DE SUTURE ! POURQUOI AVOIR INSISTÉ POUR ME RAMENER ?!
ABRUTI ! CRÉTIN !

Pfuh
AH HA HA !
ÇA TE FAIT RIRE ?!
AÏÏÏE... C'EST UNE MAUVAISE IDÉE AVEC CE QUE J'AI PRIS DANS LE BIDE.
Pfa ha
HA ! AAAH...
AU FAIT, POURQUOI T'AS JAMAIS PASSÉ TON PERMIS ?
C'EST QUAND MÊME PLUS PRATIQUE DE L'AVOIR.
MES PARENTS SONT MORTS DANS UN ACCIDENT DE VOITURE.
C'EST MA GRAND-MÈRE QUI M'A ÉLEVÉ.
LORSQUE JE LUI AI ANNONCÉ QUE JE PARTAIS POUR TOKYO EN LA LAISSANT ICI, ELLE A ACCEPTÉ AVEC LE SOURIRE.
ELLE NE M'A JAMAIS RIEN REFUSÉ.

LA SEULE CHOSE QU'ELLE M'AIT JAMAIS FAIT PROMETTRE,
C'EST DE NE JAMAIS CONDUIRE.
C'EST POUR ÇA QUE J'AI DÉCIDÉ
DE NE PAS PASSER MON PERMIS.
MAIS C'EST ÉGOÏSTE.
SI JE VEUX ÊTRE LE CHEF DE VILLAGE,
IL VA ME FALLOIR...
CE PAPIER.
RELÈVE LA TÊTE.
SI TU REGARDES PAR TERRE,
TU VAS AVOIR ENVIE DE GERBER.
TU DEVRAIS CONTINUER À TENIR TA PROMESSE.
ELLE EST IMPORTANTE.

SI TU AS BESOIN D'UNE VOITURE,
JE SUIS LÀ.
PFF
PAS BESOIN !
JE PRÉFÈRE ENCORE DEMANDER À GARA OU YAYA.
C'EST MÉCHANT.
ALORS QUE JE ME SUIS SACRIFIÉ POUR TOI, PRINCESSE.
GH
OUI,
TU AS ÉTÉ MÊLÉ À ÇA
ET JE... PEUX PAS M'EMPÊCHER DE ME SENTIR COUPABLE.
TU VEUX PAS JUSTE ME DIRE « MERCI DE M'AVOIR SAUVÉ » ?

JE TE SUIS RECONNAISSANT, MAIS JE NE TE DIRAI JAMAIS ÇA, C'EST HORS DE QUESTION !
Ha ha
BON, DÉJÀ, SI T'ES RECONNAISSANT...
MAIS... TU AS ÉTÉ BLESSÉ PAR MA FAUTE, DONC JE VAIS PRENDRE
MES RESPONSABILITÉS...
ET RESTER AVEC TOI, AUJOURD'HUI.
FAIS PAS CETTE TÊTE EN ME DISANT ÇA.
SINON JE VAIS COMMENCER À ENVISAGER DES TRUCS SEXUELS.
HEIN ? C'EST QUOI CETTE INTERPRÉTATION ?!
JE PARLAIS JUSTE DE T'AIDER !
IDIOT !
IL EST VRAIMENT TROP FACILE À ÉNERVER ! HA HA !

C'EST DÉJÀ LE MATIN.
NORMAL QUE J'AIE SOMMEIL.
ILS ONT DIT QUOI, TES POTES ?
QUE JE POUVAIS M'ABSTENIR DE VENIR BOSSER...
ET
J'AI LAISSÉ GARA ET YAYA SE CHARGER D'APPELER LA POLICE ET DE S'OCCUPER DU RESTE.
APPAREMMENT, TOUT VA BIEN, PAS BESOIN DE S'INQUIÉTER.
CLAP

SH
JE DORS À L'ÉTAGE.
TU PEUX MONTER AVEC TA JAMBE BLESSÉE ?
ÇA IRA.
JE PEUX TE PORTER, SI TU VEUX.
COMME UNE PRINCESSE.
NON, C'EST BON !
Hum
JE LUI AI DONNÉ UNE EXCUSE POUR PARTIR.
Je vais en profiter.
ÇA ME GÊNE PAS QUE TU DORMES ICI,
MAIS...
J'AI QU'UN SEUL FUTON.

T'EN FAIS PAS POUR MOI.
J'AI L'INTENTION DE VEILLER SUR TOI, PAS DE DORMIR.
ET J'IRAI SUR LES TATAMIS SI BESOIN.
Hm
JE VEUX BIEN TE CROIRE, MAIS DANS CE CAS, JE VAIS AVOIR DU MAL À TROUVER LE SOMMEIL.
ET ON EST TOUS LES DEUX BLESSÉS.
JE NE PEUX PAS TE LAISSER TOUT SEUL SUR LES TATAMIS.
JE PRÉFÈRE QU'ON DORME DANS LE FUTON
TOUS LES DEUX, PRINCESSE.
QU'EN PENSEZ-VOUS ?
Ça n'arrivera pas, hein ?
J'ACCEPTE !

T'AS BU ?
OU ALORS, TU T'ES COGNÉ LA TÊTE ?
LA FERME !
ALLONGE-TOI !
NON, JE VAIS D'ABORD ME CHANGER.
POUSSE-TOI !
POURQUOI TU TE COLLES ?
J'Y PEUX RIEN, C'EST TROP PETIT.
C'EST POUR ÇA QUE JE PARLAIS DE DORMIR SUR UN TATAMI.
PAS QUESTION.
UH...
SI TU CONTINUES, JE ME SERS DE TOI COMME COUSSIN.

LA FROIDEUR DE SES ÉPAULES...
ME CRISPE ENCORE PLUS.
SI TU TE SENS VRAIMENT COUPABLE,
LAISSE-MOI VENIR DANS TON BAIN, LA PROCHAINE FOIS...
ET ON SERA QUITTES.
IL N'EN EST ABSOLUMENT PAS QUESTION.
JUSTE UNE FOIS.
NON.
ON EST ENTRE MECS, Y A PAS À AVOIR HONTE.
NON.
T'ES VRAIMENT PAS SYMPA.
M'EN FICHE.

TU POURRAIS ME LAISSER M'Y BAIGNER RIEN QU'UNE FOIS !
NON ET NON !
BON, JE TE DONNE DEUX POSSIBILITÉS. SOIT TU M'EMBRASSES, SOIT TU ME LAISSES ME BAIGNER DANS TON ONSEN.
FAIS L'UN DES DEUX ET ON SERA À ÉGALITÉ.
LA SOURCE D'EAU CHAUDE
OU UN BAISER...
BON, PAS LE CHOIX.
SERRE
Gh
EMBRASSONS-NOUS.

HEIN ?
DE QUOIIIIIIIIIIIIII ?
CETTE SOURCE EST PLUS IMPORTANTE QU'UN BAISER ?
JUSQU'À QUEL POINT IL AIME LES BAINS ?
ON DIRAIT QUE CE CHOIX LUI BRISE LE CŒUR.
ALLEZ, DÉPÊCHE, QU'ON EN FINISSE.
...
C'EST TON CHOIX,
PRINCESSE,
ALORS C'EST À TOI DE LE FAIRE.
ROUGIT

SSS
À suivre dans le volume 3

Bonjour, c'est Yuki Shimizu.

Je vous remercie d'avoir lu ce manga jusqu'au bout.
Nous en sommes au volume 2 de *Kachô Fûgetsu*.

La première partie du volume est consacrée à l'histoire de Yômei et Hizuru, et la seconde à celle de Daiki et Sawato. Ces deux histoires continueront dans le prochain volume.
Je vais donner le meilleur de moi-même pour faire battre votre cœur dans le prochain volume.
J'espère que vous aurez la patience d'attendre qu'il sorte !

Je tiens à remercier pour ce volume :
Fukuda Rui, qui a aussi travaillé sur le premier tome, Ishigaki, les graphistes, les imprimeurs, la rédaction du magazine, les personnes responsables du marketing, mon responsable éditorial, mes assistants, et puis vous, qui vous êtes procuré ce manga.
Merci à vous tous !
Je sais que je ne suis pas encore au top, mais je vais essayer de m'améliorer.

Rendez-vous dans le prochain volume.

Printemps 2013
Yuki Shimizu

CHARACTER PROFILES

HITOMI MASATAKA

1,86 m / 75 kg / né le 01/11 / Scorpion

Médecin généraliste. Il travaillait dans un hôpital réputé avant de déménager. Il aime avoir le dessus dans ses relations, c'est un sadique. Quand il se bat, il utilise surtout ses jambes.

KAZUTO ITOKAWA

1,71 m / 53 kg / né le 30/06 / Cancer

Les filles du fan-club de Sabbat l'appellent « Lonely Ito » en secret.

DAIKI KANZE

1,87 m / 77 kg / né le 11/12 / Sagittaire

Son grand-père était potier et avait le titre de Trésor national vivant. Daiki est lui-même potier.

SAWATO KUROI

1,77 m / 51 kg / né le 17/08 / Lion

On le surnomme Sabbat. Il était chanteur dans un groupe de Visual Kei et maintenant, il est chargé de faire revivre un petit village de campagne. Yaya et Gara sont ses amis d'enfance, ils étaient aussi dans son groupe.

YÔMEI TSUJIMOTO

1,88 m / 74 kg / né le 13/09 / Vierge

Un yakuza reclus. Il s'est exilé à la campagne, mais il est toujours chargé de rapporter de l'argent au clan. Son demi-frère était chef de clan jusqu'à son assassinat. Yômei a décidé de se charger de sa veuve et de sa fille à qui il tient plus que tout.

HIZURU SANO

1,70 m / 52 kg / né le 07/03 / Poisson

Il ne vit plus que pour Yômei depuis que celui-ci lui a sauvé la vie, comme un chien amoureux. Il s'occupe de tout dans la maison.

SHUN KIRIYA

1,88 m / 78 kg / né le 08/10 / Balance

Il a hérité du clan du défunt frère de Yômei. Il pratique les arts martiaux. Il est attaché à Hizuru et il aime bien lancer des vannes à Niwa.

SÔSUKE SAGARA

1,70 m / 52 kg / né le 15/04 / Bélier

Ami d'enfance de Sabbat et guitariste de son ancien groupe.
On le surnomme Gara. Sa famille cultive des roses. C'est pour elle que travaillent leurs fans qui les ont rejoints à la campagne. Il est prêt à tout pour les femmes, et c'est un gentleman.

FUJIO YAYA

1,95 m / 81 kg / né le 11/01 / Capricorne

On le surnomme Yaya.
C'était le bassiste du groupe de Gara et Sabbat. Sa famille élève des vers à soie. Il habite avec ses grands-parents. Il a gardé l'habitude de son enfance d'appeler Gara « Sôsuke ».

ENMA KUROI

1,65 m / 49 kg / né le 16/05 / Bélier

C'est le petit frère de Sabbat. Il est sensible au soleil et à la pollution. Il ne peut sortir que par temps couvert, pluvieux ou le soir. Il vit quasiment reclus.

LE TOI DU PASSÉ N'ÉTAIT PAS QUELQU'UN DE BIEN. IL ÉTAIT FRIVOLE, SARCASTIQUE ET IMMORAL,
À SUIVRE DANS LE VOLUME 3

ATTENTION !

Cette bande dessinée est publiée dans son sens de lecture original japonais, les bulles se lisant de droite à gauche.

Vous êtes donc ici à la FIN !

KACHOFUGETSU vol.2

This edition originally published in Japan in 2013 by SHINSHOKAN CO., LTD.,Tokyo.
French translation rights arranged with SHINSHOKAN CO., LTD., Tokyo.
through TOHAN CORPORATION, Tokyo.

Dépôt légal à parution
978-2-37506-239-5

Directeur de collection : Yves Huchez

Traduction : Margot Maillac
Correction : Fox, Tadpole & Bunny

Conception graphique : Anne Demars
Adaptation graphique et lettrage : Prédatorias

Achevé d'imprimer en CE.
Imprimé par L.E.G.O S.p.A en Italie en novembre 2020.

MAIS IL
ÉTAIT
MON
PREMIER
AMOUR.
KA CHO FU GETSU
花鳥風月